LOVIS par la grace de Dieu Roy de France & de Nauarre, A tous presens & à venir, Salut. L'Amour que nous portons à nos Subiets, & la compassion que nous auons des miseres que leur causent les guerres & diuisions desquelles cét Estat est de si long-temps affligé; nous a tellement touchez, que postposant toutes les considerations de nostre santé & des incommoditez des saisons, nous auons employé tous les moyens possibles pour reduire en nostre obeissance ceux qui pour s'en estre separez, auoient donné cause à toutes ces afflictions. Nous esperions que l'exemple des Villes remises en no-

A ij

ftre obeïffance és années 1620. 21. & 22.
les toucheroit pour vfer de pareille re-
cognoiffance : Mais voyât que l'endur-
ciffement les empefchoit ou que la vio-
lence & l'artifice des factions les rete-
noit , nous les auons conuiez par nos
Declarations de rentrer en leur deuoir,
par toutes les plus fauorables perfua-
fions que le fujet peut receuoir. Nous
auons auffi preparé de grandes & puif-
fantes armées, pour y reduire par force,
ceux que l'opiniaftreté en la rebellion
rendoit fourds & aueugles à toutes les
raifons & occafions de leur deuoir;
dont il a pleu à Dieu faire reüffir tant de
fruict, que la ville de la Rochelle en a
premieremét fait l'experience, comme
il eft porté par l'Edict que nous fifmes
expedier fur la reduction d'icelle. La
Ville de Priuas au Viuarets, qui fe confiant en fon affiete, rude & inacceffi-
ble comme ils penfoient, en fes fortifi-

EDICT DV ROY

SVR LA GRACE ET PARDON qu'il a pleu à sa Majesté donner tant au Duc de Rohan & Sieur de Soubize, qu'à tous ses autres Subjets rebelles des Villes, Plat-Pays, Chasteaux & places des Prouinces du haut & bas Languedoc, Seuennes, Geuaudan, Guienne, Foix & autres. Auec les Articles.

Verifié au Parlement de Toloze le 27. Aoust mil six cents vingt-neuf.

A PARIS,

Par Antoine Estiene, P. Mettayer & C. Prevost, Imprimeurs ordinaires du Roy.

M. DC. XXIX.

Auec Priuilege de sa Majesté.

rations & en l'abondance des viures & munitions dont elle eſtoit remplie, enorgueillie d'vne longue proſperité, a oſé reſiſter & attendre la batterie de nos canons & l'effort de nos armes : & meſpriſant les douces ſemonces de noſtre bonté, la haine de ſes habitans a eſté telle, que perdans l'eſperance de ſe pouuoir maintenir en leur rebellion, ils ont mieux aimé abandonner leurs maiſons & leurs biens, que d'en chercher la conſeruation dans noſtre miſericorde qui leur eſtoit toute aſſeurée : ſe ſont oſtez à eux meſmes l'eſperance de la receuoir, & n'ont peu preuenir l'embraſemét & la fureur du glaiue que la vengeance diuine a excité contre eux, pour raiſon deſquels nous auons pourueu par nos Lettres de Declaratió ſeparément expediées, & ne ſont compris en ces preſentes. Mais ce chaſtiment rendant les autres plus ſages, a

fait que non seulement tout le haut &
bas Viuarets, mais aussi plusieurs autres
Villes & Forts se sont remis en leur deuoir, nous ont presté le serment de leur
fidelité, leur auons pardonné leur rebellion, & octroyé nos Lettres d'abolition faisant raser leurs fortifications
& murailles, lesquelles seruant d'asseu-
rances aux autres, ont esté cause en eux
de toutes les miseres qu'ils ont souffer-
tes. Plusieurs Gentilshommes aussi é-
meus de la facilité qu'ils ont trouuée en
nostre grace, l'ont recherchée & re-
ceüe, & se sont départis de la rebellion.
La ville d'Alez extrememét forte d'af-
siete, de remparts & de tout ce que
l'inuention humaine a introduit au re-
muëment de la terre, sembloit vouloir
resister & arrester le cours de nos pro-
gres: mais s'estant veuë enceinte de nostre armée, nos canons en batterie prests
à faire bréche, n'ont osé en attendre le

premier coup, pour ne se soufmetre aux
loix que la guerre prattique en pareil
cas; se sont venus ietter à nos pieds, &
implorer noftre grace laquelle ils ont
receuë. Et comme nous eftiós prefts de
poufler plus auant nos victoires, le
Duc de Rohan, les habitans de la Ville
d'Andufe, ceux de Sauue Gange, le Vi-
gan, Florac, Meruez & toutes les autres places des Seüennes, Nifmes, Ay-
margues, Vfez, Milhau, Cornus, Sain-
cte Frique, S. Felix, S. Rome de Taon,
le Pont de Camarez, Viane, Caftres,
Rogue courbe, Reuel, Montauban,
Cauffade, Mazeres, Sauerdun, Carlat,
le Mas d'Azil, & generalement toutes
les places & lieux au haut & bas Languedoc, Seüennes, Geuaudan, Guyen-
ne & Foix, Gentilhommes & autres
qui eftoient encores en armes contre
noftre feruice; ont enuoyé deuers nous
leurs deputez, pour nous témoigner le

repentir qu'ils auoient d'eſtre tombez
en cette rebellion, promettant de nous
rendre à l'aduenir enuers & contre tous
l'obeïſſance & la fidelité que doiuent à
leur Roy de bons & loyaux Subiets;
nous priant leur pardonner, & leur
donner abolition de laditte rebellion
& de toutes les choſes paſſées à l'occa-
ſion d'icelle, offrant raſer toutes les
fortifications deſdites Villes, afin qu'el-
lés ne puiſſent ny donner deffiance de
leur fidelité, ny ſeruir à perſonne de
ſujet de s'en departir: & nous donner
pour l'aſſeurance de ce, tels oſtages deſdittes villes, & en tel nombre que nous
leur commãderions. A quoy nous nous
ſommes d'autant plus facilemét diſpo-
ſez, que nous auons voulu par vn ſi rare
exemple de clemence apres tant de re-
cheutes, gagner plus auantageuſement
les cœurs de nos Subiets, eſpargner leur
ſang, le degaſt de la Prouince, & tous
les

les defordres & calamitez de la guerre,
émeus à cela par la feule compaffion
de leurs miferes & amour de leur bien.
Ce qui nous fait efperer, que la cognoiffance fi manifefte que nofdits Subjets
auront de la feule bonté qui leur ouuré
noftre fein, fera leur retour plus fince-
re, & feruira d'vn ciment perpetuel pour
les tenir à iamais infeparablement vnis
à noftre obeïffance, attendant que la
grace & mifericorde de Dieu touchant
leurs cœurs & éclairant leurs efprits,
les reünifle tous au giron de l'Eglife, &
tariffe la fource de ces funeftes diuifiôs.
A CES CAVSES aprés auoir receu les
oftages defdittes Villes, & iceux fait
mettre és lieux que nous auons ordonné à cet effet, pour y demeurer chacun
d'eux refpectiuement iufques à la per-
fection dudit rafement & demolition,
voulant pouruoir aux defordres paf-
fez, preuenir ceux qui pourroient arri-

B

uer cy-apres: SÇAVOIR FAISONS, qu'a-
pres auoir mis cette affaire en delibera-
tion en noſtre Conſeil, de l'Aduis d'i-
celuy, & de nos certaine ſcience, pleine
puiſſance, grace ſpeciale & authorité
Royale; par ceſtuy noſtre preſent
Edict perpetuel & irreuocable, ſigné
de noſtre main, nous auons dit, ſtatué
& ordonné, diſons, ſtatuons & ordonnons, voulons & nous plaiſt:

PREMIEREMENT,

QVE la Religion Catholique Apo-
ſtolique & Romaine ſoit remiſe & re-
ſtablie en toutes les Villes & lieux deſ-
dits pays, deſquelles elle a eſté oſtée ou
diuertie: & toutes les Egliſes, biens &
maiſons Eccleſiaſtiques eſdits lieux &
Prouinces, ſoient renduës à ceux à qui
elles appartiennent, ſans aucune recher-
che des fruicts pris & eſcheus. Auſquel-
les Egliſes & par tous leſdits lieux, ſera
fait l'exercice de ladicte Religion, li-

brement & paifiblement fans aucun trouble & empefchement. Ordonnons neantmoins qu'en tous les Monafteres, eftans efdittes Villes remifes en noftre obeiffance, il n'y pourra eftre mis ny eftably autres Religieux que ceux qui viuent en l'exacte obferuation de leur regle, fuiuant les Lettres qu'ils en obtiendront de nous.

II.

Et defirans fur toutes chofes, voir à l'aduenir vne perpetuelle vnion entre nos Subjets: comme nous voulons & entendons maintenir ceux qui font profeffion de la Religion pretenduë reformée en l'exercice libre & tranquille d'icelle & fans aucun trouble, nous ne pouuons que nous ne defirions leur conuerfion, pour laquelle nous offrons continuellemét nos prieres à Dieu. C'eft pourquoy nous exhortons tous nofdits Subjets de laditte re-

ligion pretenduë reformée, de se dé-
poüiller de toute passion, pour estre
plus capables de receuoir la lumiere du
Ciel, & reuenir au giron de l'Eglise en
laquelle depuis plus d'onze cents ans
continuels, les Roys nos predecesseurs
ont vescu sans aucune interruption ny
changement ; ne pouuant en chose
quelconque leur témoigner dauanta-
ge la paternelle affection que nous leur
portons, que de les desirer au mesme
chemin du salut que nous tenons & sui-
uons pour nous mesmes.

III.

ORDONNONS qu'en toutes les
Paroisses dudit Pays, il soit pourueu de
Curez, bons, suffisans & capables par
ceux à qui de droict il appartient: & dis-
posé en sorte, qu'ils ayent tous le reue-
nu suffisant pour s'entretenir & acquit-
ter dignement de leurs fonctions, selon
qu'il est porté par nos Ordonnances

du mois de Ianuier dernier, ou autres voyes plus commodes, ainſi qu'il ſera aduiſé ſur le rapport des Commiſſaires que nous deputerons à cette fin.

I V.

Avons remis, pardonné & aboly, remettons, pardonnons & aboliſſons auſdits Duc de Rohan & Sieur de Soubize, & à tous les habitans deſdittes Villes & lieux, & ceux du Plat-Pays qui leur ont adheré, toutes les choſes paſſées depuis le 22. Iuillet 1627. iuſques au iour de la publication faite en chaque Seneſchauſſée des articles de la grace que nous leur auons accordée le 27. iour de Iuin dernier. Les auons déchargez & déchargeons de tous actes d'hoſtilité, leuées d'armes, conduites de gens de guerre, entrepriſe tant par mer que par terre, aſſemblées generales ou particulieres, meſme de l'Aſſemblée de Niſmes, priſes de deniers Eccleſiaſti-

ques, royaux ou particuliers , fabrica-
tion de monnoye à quel tiltre & coin
que ce soit,& eualuation d'icelle,libelles
imprimez , souleuemens & emotions
populaires,excez, violences,entreprises
faittes sur les deux Villes de S. Amand
& Chasteau du Seigneur, prise des Chasteaux de S. Estienne,Val Francesque &
Florac, & rasement d'iceluy : ensemble
du meurtre & autres cas arriuez en l'en-
treprise de S. Germier à Castres au mois
de Ianuier dernier : mesme les Habitans d'Vsez , du meurtre du sieur du
Flos: & les Consuls dudit lieu , des Ar-
rests interuenus contre eux au Parlement de Thoulouse & Chambre de
l'Edict à Beziers: & les sieur Daubais,
Iaques Genoier, Paul Saucier & An-
dré Pellissier, de la nomination & desi-
gnation faite de leurs personnes pour
estre Cõsuls de Nismes en l'ãnée mil six
cens vingt-sept, exercice par eux fait

defdittes charges durant laditte année, enfemble tous les Confuls & Confeillers politiques & Greffier de la maifon Confulaire : & tous les dénommez en l'Arreft donné en la Chambre de l'Edict à Beziers , fur la procedure des fieurs de Suc & Mauffac Confeillers en icelle , de la pourfuitte contre eux faitte pour raifon dudit Confulat de Nifmes, & des Arrefts pour ce interuenus tant en noftre Confeil qu'en laditte Cour de Parlement , Chambre de l'Edict & Cour des Aydes de Montpellier : Et les habitans d'Anduze, du meurtre du fieur de Mantaille, & des condamnations interuenuës contre les Confuls & particuliers Habitans de ladytte Ville pendant ces mouuements. Les habitans de Millaud touchant ce qui a efté fait contre le fieur de la Roquefauas, & de la reftitution de la fomme de quatre mil liures enuers les Reli-

gieux Iacobins. Le sieur de Gasque, du
faict de la prise de quelques habitans
d'Alez, infractions de Sauuegardes, im-
positions & leuées de deniers, establis-
sement de Iustice, d Officiers & Conseils par les Prouinces, & execution des
iugements donnez en iceux en matiere
Ciuile ou Criminelle, Police & Reglements faits entr'eux, & de l'exercice qu'ils ont fait de leurs Offices esdittes Villes lors qu'elles estoient en la rebellion; & les Procureurs postulans
qui ont exercé leurs charges deuant lesdits Iuges, Officiers & Conseillers
establis esdittes Villes, mesme ceux
qui auoient prouision de nous du se-
iour & exercice qu'ils ont fait esdittes
Villes durant ledit temps: voyages, in-
telligences, negotiations, traittez &
contracts faits auec les Anglois par lesdittes Villes & habitans, & par lesdits
Duc de Rohan & Sieur de Soubize,

tant

tant auec lefdits Anglois qu'auec le
Roy d'Efpagne & Duc de Sauoye, &
des lettres efcrittes aux Cantons pro-
teftans des Suiffes : Et les Sieurs Claufel
& du Cros qui y ont efté employez.
Ventes de biens, meubles Ecclefiaftics
ou autres, Coupes de bois de haute-fu-
ftaye du domaine ou autres. Amendes,
butins, rançons, ou autre nature de deniers par eux pris à l'occafion defdits
mouuemens, fontes & prifes d'artille-
rie & munitions, confection de pou-
dres & falpetres, prifes, fortifications,
defmantellements & demolitions de
Villes, Chafteaux, Bourgs & Bourga-
des : mefme de la prife de Meruez, Ay-
margues & autres bruflemens & demolitions d'Eglifes & maifons Ecclefiaftiques & autres, par ordre & authorité
dudit Duc de Rohan : & de toute pourfuitte criminelle pour raifon de ce,
fans preiudice de l'intereft ciuil defdits

C

Religieux & Ecclefiaftiques, pour raifon dequoy ils fe pouruoiront à la
Chambre de l'Edict. Les déchargeons
auffi des baux & prifes à ferme des Be-
nefices & biens Ecclefiaftiques, dont
ils ont efté fpoliez par les Chefs qui
auoient le commandement general
fur eux. Voulons pareillement qu'ils
ioüiffent de tout le contenu aux abo-
litions precedentes, & de tout ce
qui a efté geré & negotié depuis le
temps fufdit, nonobftant toutes pro-
cedures faites, Arrefts & Condemnations contre eux interuenuës, mefme
les Arrefts aux Parlemens de Tholoze
& Bordeaux, & Chambre de Beziers &
autres, contre ledit Duc de Rohan, au-
quel nous entendons eftre conferuez
les honneurs & dignitez dont il ioüif-
foit auparauant, fans que des cas fuf-
dits il en puiffe eftre fait aucune re-
cherche, pour laquelle nous impo-

fons filence perpetuel à tous nos Procureurs Generaux & leurs Subftituts, à la referue toutefois des cas execrables referuez par l'Edict de Nantes, & autres fubfequens de l'intereft ciuil pour raifon du fait auenu à Vezenobre & Tournac, & des meubles qui fe trouueront en nature pris fur ceux qui eftoient en l'obeïffance du Roy.

V.

ET fuiuant l'intention que nous auons, de maintenir tous nos Subiets faifant profeffion de la Religion Pretenduë Reformée en l'exercice libre de laditte Religion & iouïffance des Edicts à eux accordez; nous voulons que tous les deffufdits iouïffent entierement dudit Edict de Nantes, & autres Edicts, Articles, Breuets & Declarations regiftrées en nos Parlemens, & ayent fuiuant ce, l'exercice libre de laditte Religion en tous les lieux où il a esté concedé par iceux.

VI.

QVE tous les Temples & Cemetieres qui leur ont esté ostez ou demolis, leur seront rendus auec la faculté de les rebastir si besoin est & bon leur semble.

VII.

ORDONNONS que toutes les fortifications desdittes Villes & lieux, soient entierement rasées & démolies, fors la ceinture des murailles, dans le temps de trois mois, à la diligence desdits habitans, ausquels nous en confiant, nous ne mettons pour cét effet aucunes garnisons ny citadelle esdittes Villes. Seront lesdittes demolitions faittes par la conduitte & ordonnances des Commissaires que nous deputerons, & selon les ordres & instructions que nous leur en donnerons: &

cependant & pour plus grande asseu-
rance, seront les ostages baillez par lesdittes Villes, retenus és lieux par nous
ordonnez, iusques à l'entier accom-
plissement desdittes demolitions.

VIII.

VOVLONS que tous les dessusdits
soient remis & restablis en tous leurs
biens, meubles & immeubles, droicts,
noms, raisons & actions, nonobstant
toutes condemnations, dons, consis-
cations & represailles qui en pourroient auoir esté faittes & octroyées,
fors & excepté les fruicts & reuenus de
leurs biens, les meubles qui ne se trouueront en nature, les bois coupez, & les
debtes qui ont esté receuës iusques à
present actuellement & sans fraude,
apres poursuittes iudiciaires & con-
traintes. Voulons neantmoins que les
Declarations precedentes données sur
le faict desdittes represailles iusques

C iij

aux prefens mouuements, Arrefts
donnez contradictoirement & Trans-
actions faittes fur icelles, ayent lieu,&
foient executées nonobftant tous Arrefts au contraire. Voulons auffi que les
heritiers du feu Sieur de Mormoirac
foient remis en leurs biens.

IX.

PERMETTONS aux deffufdits de rentrer dans leurs maifons, & les rebaftir fi
befoin eft: mefme comme à nos bons
& fideles Subjets, nous leur permettons de demeurer en telles Villes &
lieux de noftre Royaume que bon leur
femblera, fors les Ifles de Ré & Oleron,
la Rochelle & Priuas. Permettons auffi aux habitás de Pafmiers qui n'eftoient
en laditte Ville lors de la prife d'icelle,
d'y rentrer, & en la ioüiffance de tous
leurs biens, en faifant lés foumiffions &
le ferment de fidelité pardeuant ceux
qu'à cette fin nous commettrons.

X.

Nos Officiers demeurans dans lef-dittes Villes qui n'ont payé le droict annuel, feront receus à le payer dans deux mois tant pour le paffé que pour la prefente année. Et pour le regard de ceux qui font decedez ayant payé ledit droict annuel, les Offices defquels ils eftoient pourueus, feront conferuez à leurs vefues & heritiers. Et quant à ceux, aux Offices defquels nous auons pourueu d'autres perfonnes à caufe des prefens mouuemens, ils feront conferuez en leurfdits Offices, nonob-ftant les prouifions qui en peuuent auoir efté expediées à autres receptions & inftalations en iceux. Voulons auffi que les Officiers des Seigneurs particuliers pourueus à tiltre onereux, qui ont efté deftituez à l'occafion defdits mouuemens, foient reftablis en leurs charges.

X I.

DEMEVRERONT tous les dessusdits déchargez & les déchargeons de
toutes contributions & logemens de
gens de guerre, tant des presens que precedens mouuemens: ensemble lesdites
Communautez & particuliers d'icelles,
des indemnitez & dédommagemens
qui pourroient estre pretendus contre
eux pour raison des emprisonnemens,
executions ou expulsions des Villes, faites par l'ordre dudit Duc de Rohan, ou
du Conseil des Villes ou autres par luy
establis, tant pendant les presens mouuemens que les precedens. Et pour le
regard des Tailles & autres deniers imposez sur le pays, au cas qu'il y ait en
iceux quelques non-valeurs faute de
payemens faits par les dessusdits des deniers sur eux imposez de toutes natures,
les Receueurs desdites Prouinces n'en
pourront faire poursuittes contre les
dessusdits,

deſſuſdits, ſauf à pourſuiure pour raiſon de ce, le Syndic du pays pour en eſtre fait reject ſur le general du pays.

XII.

Deſchargeons pareillemét les Conſuls & particuliers qui ſe ſont obligez durant les mouuemens des années 1621. 22. & 1626. & les preſens, pour les affaires des villes, du payement deſdites obligations ; nonobſtant toutes les clauſes inſerées aux contracts, ſauf aux creanciers à pourſuiure les Conſuls de la Religion P. Ref. qui ſe trouueront en charge, pour y faire condamner ceux de laditte Religion P. Ref. & les departir ſur eux.

XIII.

Demeureront auſſi déchargez de la pourſuitte & exaction faitte contre les habitans Catholiques & autres, pour les reſtes par eux deus des cottes des années precedentes, nonobſtant les dé-

D

charges qu'ils en auoient obtenu tant par nos Lettres patentes que par les Arrefts de la Cour des Aydes de Montpellier : enfemble de tout ce qui refte à payer des impofitions & contributions mifes fur aucun d'iceux auec exemption des Catholiques, par ordonnances des Gouuerneurs de Prouinces ou autres Chefs de guerre pour nous durant les prefe ns & precedens mouue. mens.

XIIII.

Seront auffi les habitans de Caftres, déchargez de toute reftitution de ce qu'ils ont touché pour la garnifon de laditte ville , auant qu'ils euffent pris les armes contre noftre feruice.

XV.

Les charges qui feront impofées fur lefdittes villes , feront portées également par tous les habitans d'icelles en la maniere de tous temps accouftumée , fors que les debtes contractées par les habitans Catholiques seront portées par eux seuls; & celles contractées par ceux de laditte Rel. P. Ref. seront aussi acquittées par eux seuls.

XVI.

Les Iugemens rendus par ceux qui ont esté commis pour l'exercice de la Iustice esdittes Villes, tant en matiere Ciuile que Criminelle, tiendront & auront lieu, sauf l'appel ausdittes Chambres és cas qui n'ont pas esté iugez preuostalement ou au Conseil de guerre.

XVII.

L'ordre gardé d'ancienneté esdittes villes tant pour le Consulat que Police & assemblée desdits Consuls & Conseils de Villes , sera gardé & obserué comme il estoit deuant les mouuements.

XVIII.

Les Assemblées d'Estats au païs de

Foix, se feront en la maniere accoustu-
mée, & y seront appellées toutes les
Villes qui ont accoustumé d'y assister.

XIX.

Les Consuls Reccueurs Collecteurs
& Commis qui ont manié les deniers
publics durant les presens & precedens
mouuements, demeureront quittes &
déchargez en portant à la Chambre,
les Comptes qu'ils en ont rendus, sans
que lesdittes Chambres en puissent pre-
tendre aucunes espices, ny reuoir lesdits
Comptes. Et sur ce que les habitans de
la Ville de Nismes, ont pretendu n'e-
stre obligez de porter leurs Comptes
en ladite Chambre, nous voulons qu'il
en soit vsé ainsi qu'il est accoustumé.

XX.

Les Sieges de Iustice, Bureaux de
Recepte, & autres transferez à cause des
presens mouuemens, seront remis &
restablis és lieux où ils estoient aupara-

uant , mefmes l'Élection nouuelle-
ment creée pour eftre mife à Montauban, & eftablie en la ville de Moiffac
à caufe defdits mouuemens, fera mife
en ladite ville de Montauban , apres
que les démolitions des fortifications
defdits lieux auront efté faittes.

XXI.

Voulons auffi que la Chambre de
l'Edict feante de prefent à Beziers,
foit remife en la ville de Caftres,
apres que les fortifications d'icelle auront efté entierement démolies & ra-
fées , & qu'elle demeure en ladite
ville de Caftres fuiuant ledit Edict de
Nantes , nonobftant ce qui eft porté
par l'Ordonnance par nous faitte au
mois de Ianuier dernier, & l'Arreft in-
teruenu au Parlement de Tholoze fur
le CII. article d'icelle. Laquelle Chambre fa Majefté veut eftre maintenuë
en toutes les attributions à elle faittes

par les Edicts & Reglements.

XXII.

De toutes lefquelles graces & con-
ceffions nous voulons faire iouyr tous
les deffufdits qui eftoient encores en armes audit iour 27. Iuin dernier. Et
pour le regard des villes & perfonnes
qui feftoient remifes en noftre obeïffance auparauant ce iour, elles iouï-
ront des chofes particulierement con-
tenuës aux Lettres que nous leur en
auons octroyées.

Si DONNONS en mandement à
nos amez & feaux les Gens tenans noftre Cour de Parlement de Tholoze,
que ces prefentes ils ayent à faire lire,
publier & enregiftrer, & le contenu en
icelles garder, obferuer & entretenir
felon leur forme & teneur, fans y con-
treuenir ny fouffrir y eftre contreuenu:
CAR tel eft noftre plaifir. Et afin que
ce foit chofe ferme & ftable à touf-

iours, nous auons fait mettre noftre feel à cefdites prefentes. DONNE' à Nifmes au mois de Iuillet, l'an de grace mil fix cens vingt-neuf, & de noftre regne le vingtiefme. Signé, LOVIS. Et plus bas, Par le Roy, PHELYPEAVX. Et feellé en lacs de foye du grand Seau de cire verte. A cofté, VISA. Et encor eft écrit:

Leuës, publiées & regiftrées, Ouy & ce requerant le Procureur General du Roy, à Tholoze en Parlement le vingt-feptiéme Aouft mil fix cens vingt-neuf.

Signé, DE MALENFANT.